"먼저 퇴근할게요"

그 한마디를

하지 못해서….

빨리 퇴근
하고 싶어

'프롤로그'

당신은 이런 이름의 트위터 계정이
있다는 것을 알고 있나요?

빨리
퇴근하고 싶은 사람들
모임

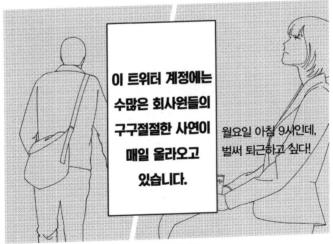

이 트위터 계정에는
수많은 회사원들의
구구절절한 사연이
매일 올라오고
있습니다.

월요일 아침 9시인데,
벌써 퇴근하고 싶다!

냉정하게 생각해봐.
5일 동안 쌓인 업무 피로가
꼴랑 이틀 쉰다고 풀리겠어?

이 트위터 계정의 팔로워수는 놀랍게도…

무려 54만 명!

대단하네.

이렇게 많은 사람들이 빠른 퇴근을 원하는데

왜 퇴근하고 싶을 때 퇴근하지 못하는 걸까.

곰곰이 생각해보면, 직장 생활에는 참 많은 문제들이 있습니다.

① 우리는 왜 무의미한 야근에 동참해야 할까?

각자 빨리
퇴근하고 싶은
이유와

각자의 나이

각자의 성별 등

서로 입장은
전부 다를지라도

지금부터
들려드리는
이야기는
모두 빨리
퇴근하고픈
바로
우리들의
이야기
입니다.

목차

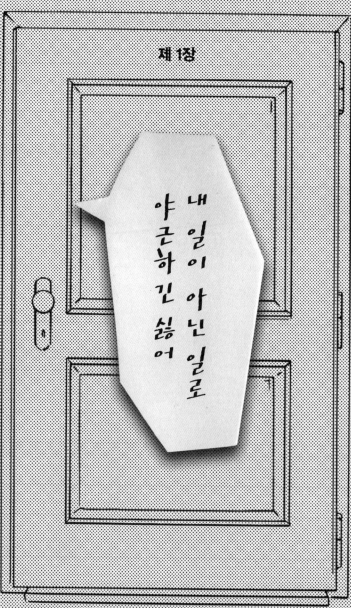

제1장

내일이 아닌 일로 야근하긴 싫어

내 일이 아닌 일로 야근하긴 싫어 ①

13

15

내가 할 일은 전부 끝났는데

왜 남들 눈치를 봐야 하지…?

내일도 이 상황이 반복된다고 생각하니

회사에 출근하기 전에 이미…

②에 계속

상사들은 왜 전부 늦게 퇴근하려 들까?

내 일이 아닌 일로 야근하긴 싫어 ②

23

이기면 장땡이야.

아자!

이 가게, 최근에 이름이 바뀌었거든.

전엔 좀 더 세련된 이름이었지.

왜 바꾸신 거죠?

손님이 너무 많이 오길래 귀찮아서 일부러 재수없게 한 거야.

자, 보답으로 딱스넛을 주마.

그거 기본 안주 잖아.

요즘 가게 이름에 대해 묻는 사람이 많아서, 우리가 한 내기의 내용은 5분 안에 온 다음 손님이 가게 이름을 이렇게 지은 이유에 대해 물을 것이냐였지.

진 사람이 이긴 사람에게 쏘기롤!

진짱님!

그랬던 거군요.

쳇!

③에 계속

회사를 위해 혼신의 힘을 다하라는데, 그건 싫어

회사 일에
전심전력을 다하라는 것은,
다른 삶은 모두 포기하고
업무만을 위해
헌신하고, 책임을
다하라는 것!

1년 정도 육아휴직을 쓰겠습니다.

성동이 라서요.

투잡을 시작해서 주3일 근무로 변경하겠습니다.

잠시 고향에 돌아갑니다. 일은 재택근무로 하겠습니다.

근무 방식이 이렇게 다양화된 요즘 세상에…

회사를 위해 다른 걸 모두 버리라는 건

무리잖아.

내 일이 아닌 일로 야근하긴 싫어 ③

잠깐,
갑작스러운
질문에
너도
당황스럽
겠지만…

미안.

스
윽

제
노트북에
업무
효율의
비밀이
전부 들어
있습니다.

뭐라고?

이렇게 쉽게
알려줘도
되는 거야?

저는…
다들…
일찍
퇴근하기
싫은 줄
알았어요.

뭐?
우리도
당연히
퇴근하고
싶지!

뭐야,
이거
…

그동안
내가 했
던 일은
전부
헛수고
였잖아.

내 일이 아닌 일로 야근하긴 싫어 (끝)

사실은 다들
빨리 퇴근하고 싶어 합니다.

자신의 업무가 끝났는데도 선배나 동료의 시선이 신경 쓰여 억지로
야근을 한 경험이 있나요? 하지만 그 시선들 역시 자신도 빨리 퇴근
하고 싶다는 부러움의 표현이었을지도 모릅니다.

쓸데없는 지레짐작으로 괜히 움츠러들지 말고 툭 터놓고 솔직하게 말
해보는 건 어떨까요? '왜 다들 퇴근 안 해? 무슨 일이라도 있어?'라고
말이에요. 당신의 예상보다 훨씬 더 쉽게 서로간의 오해가 풀릴지도
몰라요.

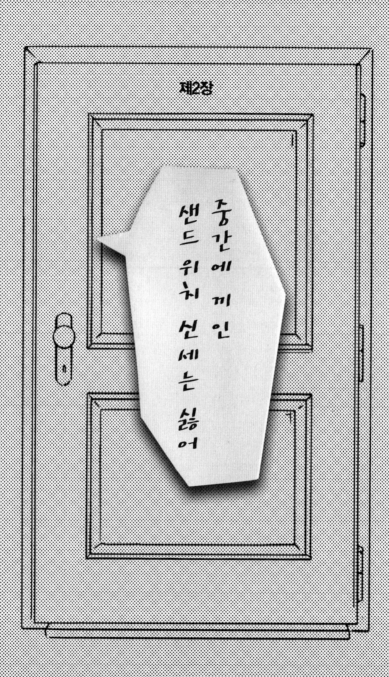

제2장

중간에 끼인
샌드위치 선세는 싫어

유명 외주 일러스트레이터
카지

뭐?

배경색을 변경하고 싶다고?

무서워.

죄송합니다.

그렇게 바꾸면 촌스러워져.

배경색을 변경하려면 아예 전체를 바꿔야 해서 비용은 2배가 될 거야.

나도 장난으로 일하는 게 아냐.

그게 싫으면 사내 디자이너를 직접 고용해서 쓰든가.

죄송합니다...

어쩔 수 없지.

딸깍 딸깍

수이이이이

자, 배경색만 바꾸면 이렇게 돼.

정말 촌스럽네요.

이 촌스런 디자인을 그 재수없는 대머리 과장에게 보여줘. 그리고 원래 것이 낫다고 설득해.

카지 씨 ...

감사합니다.

44

무라고?

그 촌스런 디자인으로 진행하기로 했다고?

죄송 합니다! 다들 반대했는 데…

그럼 내이름을 빼.

네?

그 디자인에 내이름을 실을 순 없어.

내이름을 쓴다면 두번다시 당신네 회사와 일안해.

수고하셨습니다.

수고하셨습니다.

무슨 소리야?
카지 씨 이름을
안 쓸 거면
이번 프로젝트를
진행할 의미가
없잖아.

그러니까
이쪽 색이
더 좋다니까.
카지 씨를 설득해서
작업을 원만하게
진행시키는 게
네 일이잖아.

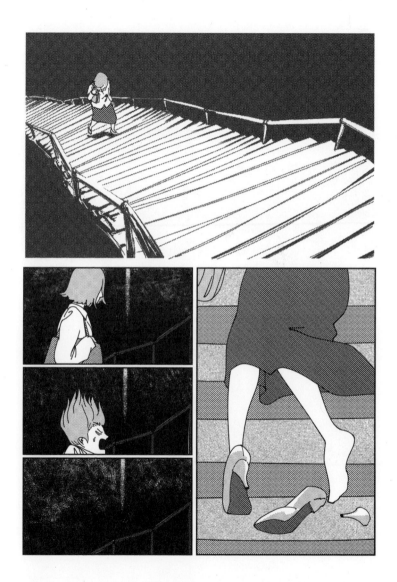

48

②에 계속

'뭔가 이상해'라고 말하는 당신이 더 이상해

좀 더 봄 느낌이 나도록 화사한 디자인이 좋겠어.

따뜻한 색 비중을 늘리고, 채도를 높게 설정해서 콘트라스트도 약간 조정하라는 거죠?

?

그, 그래… 대충 그런 뜻이야.

그럼 그렇게 최종 진행 하겠습니다.

그래.

휴우~

완성본
입니다.

어디 보자

아~.

생각했던
이미지랑
좀 다른데.

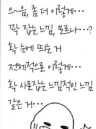

으~음, 좀 더 이렇게···
딱 잡는 느낌, 뭐랄까···?
확 눈에 띄는 거
전체적으로 이렇게···
확 사로잡는 느낌적인 느낌
같은 거···

왠지 촌티나는 느낌···

응?

무슨 일
있었나요?

들어
주겠는가,
젊은이

첫

취

히오잉니다.

이해
합니다.
회사일이
대부분
비효율적
이죠.

말이 좀
통하는
젊은이
구먼!

사장님,
데킬라

히노
입니다.

야! 듣고 있어?

죄송합니다. 잠깐 실례할게요.

곧 돌아올게요.

뭐?!

뭐야, 갑자기...

오렌지 주스 주세요.

저 친구, 꽤 괜찮은 남자야.

?

쾅

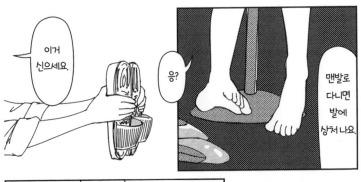

이거
신으세요.

응?

맨발로
다니면
발에
상처 나요.

사이즈를
몰라서
적당한
걸로
사왔어요.

싸구려지만

영차

...
히노.

우리
결혼하자.

사장님!
히노에게
결혼반지를
생각해봐죠.

그런 건
여기 없어!

집에 가고 싶어

생각해 보자.

원래의
디자인을
채택하도록
과장을
설득할
방법은…

으윽…
어제 너무 마셔서
머리가 아파…

그래! 무조건 정공법만
고집할 때가 아니야!

뭐든지
처음이
중요하지.

앗!

③에 계속

일을 열심히 하면 할수록 일이 늘어나

업무위탁 계약서

과장님

응?

돌아!

문제가
생겼
습니다.

뭐라고?
카지 씨가…
우릴 고소해?

아뇨,
아직
확실한
것은
아닙니다.

카지 씨는
지금까지의
제작과정을
전부 기록하고
있었습니다.

4/1	5/5 콘티 컨셉트 결정	5/21 선화	6/2 미조정
4/5	5/15 색결정	5/25 미완성	6/5 완성
4/2	5/20 콘티 완성	5/30 텍스트 포함	6/7 배경색 변경 죽어

의외로 꼼꼼함

시그곗!

배경을
파란색
으로
해줘.

최종단계에서
디자인 변경을
지시한 과장님의
말씀은…

펄럭

그리고…

무슨 소리야? 카지 씨 이름을 안 쓸 거면 이번 프로젝트를 진행할 의미가 없잖아.

그 촌티나는 디자인에 내 이름 절대로 쓰지 마.

허가 없이 멋대로 이름을 사용하면 '저작권법 위반'이라고 엄포를 놓았어요.

정말로?

하긴 그게…

맞나?

아닌 것 같기도 하고

카지 씨!

벌떡

65

또 찾아 뵙겠습니다.

감사 합니다.

너희들 또 왔냐?

자, 오렌지 칵테일.

좋은 일이 있건 나쁜 일이 있건 무조건 올 거라구요.

또 와서 죄송합니다.

그래 그래.

그럼 오늘은 좋은 일이 있었단 말이네.

히히

맞아요

사장님의 말이 도움이 많이 되었어요.

찰랑

사장님, 혹시 …

중간에 끼인 샌드위치 신세는 싫어(끝)

작전을 짜두는 것도 필요해.

뭐든지 처음이 중요하지.

사람들 사이에 끼어 이도 저도 못하는 상태를 흔히 '샌드위치 신세'라고 하죠. 상사와 고객의 의견이 부딪치거나, 부장과 과장이 서로 다른 의견을 얘기할 때 우리는 종종 그러한 상태에 놓입니다. 그 사이에서 원만하게 일을 잘 해결하는 건 정말로 어렵죠.

만약 당신이 현재 그러한 상태라면 일의 궁극적인 목표와 자신이 옳다고 생각하는 것을 냉정하게 생각해보세요. 그리고 그것을 달성하기 위한 '작전'을 짜두는 것도 좋은 방법일 수 있습니다. 자신의 의견을 관철시키는 효과적인 방법들이 생각보다 꽤나 있답니다.

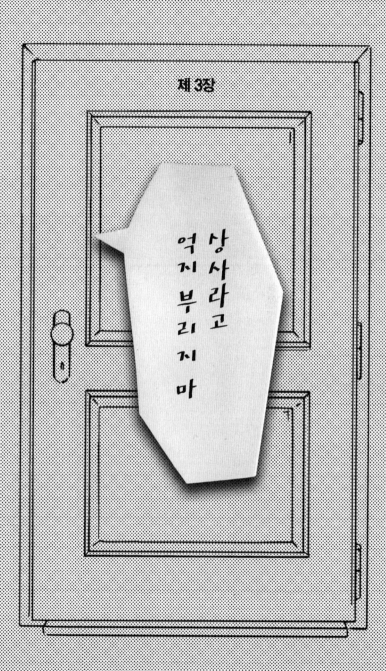

제 3장

상사라고
억지부리지 마

벌써 자정이 넘었네.
이제 퇴근해야지

어서
와.

75

아… 그…

역시 몰랐구나.

내일 출근해야 하니까 난 그만 잘게.

미안해.

테이블 위에 선물 올려놨어. 배고프면 냉장고에 있는 거 전자레인지에 데워 먹어.

으응…

좀 서운하네.

…미안.

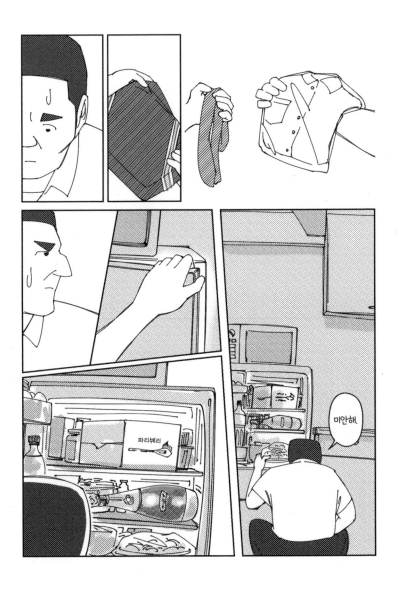

②에 계속

어떻게 하면 야근이 줄어들까?

81

인쇄
영업도
힘들구나.

너무 그렇게
영혼 없이
말씀하는
건 좀…

괜찮
습니다.

근데
키도 씨,
너무
성실해요.

그건
그래요.

그런
소리
자주
들어요.

마누라가 집에서 기다리잖아.

아, 맞다.

다들 당신의 사과를 듣고 싶은 건 아냐. 자, 잔돈.

네?

가족이나 동료들 또두 당신의 사과가 아닌 이야기를 듣고 싶은 건 아닐까?

딱 한 잔만 더해요!

벌써 취하셨어요?

③에 계속

'할 수 없어요!'라고 말할 수 있는 용기

이건 돌려주겠네. 잔말 말고 다음 달 초에 제출하게.

아이고, 머리야.

흡연실

너무 그렇게 화내지 마.

화 안 났어요.

키도 씨가 모처럼 회사를 위해 용기를 냈는데 저렇게 단칼에 거절하다니…

그런 거 아니야.

네?

당장의 실적과 무관한 업무에 열중하겠다는 걸 무조건 안 된다고 한 게 아니야.

지금 말고 다음달에 제출하라고 했잖아.

상사 입장에서는 당연한 반응이야.

하지만 결국은…

난 그렇게 생각해.

바보 같네요.

바보 같지?

그런 이유로 마지막까지 '포기하지 않는 척' 하며 열심히 일해보자!

고… 고릴라?

오래 기다리셨습니다.

와~

신기하네.

뭐가?

96

상사라고 억지 부리지 마! (끝)

다들 당신의 사과를 듣고 싶은 건 아냐.

자, 진도.

네?

가족이나 동료들 또두 당신의 사과가 아닌 이야기를 듣고 싶은 건 아닐까?

'사과' 보다 중요한 구체적인 해결책

'야근은 하지 마! 그렇지만 성과는 내줘.' 상사의 억지스런 요구에 부응하기 위해 나를 혹사시켜 본 적 있나요? 그 무게를 혼자만 짊어진 채 후배에게도 상사에게도 가족에게도 사과만 한 적은 없나요? 아마도 이런 상황을 겪은 분들이 많을 것이라 생각합니다.

모든 것을 혼자서 짊어지는 것은 한계가 있습니다. 애초에 그런 상황을 막기 위해서 부서와 팀이 있는 것입니다. 동료를 의지하고 자신의 문제점을 타인에게 알리다보면 구체적인 해결책이 나올지도 모릅니다. 그중에는 '포기'라는 선택지도 있으니까 가끔은 내려놓을 때도 있었으면 좋겠네요.

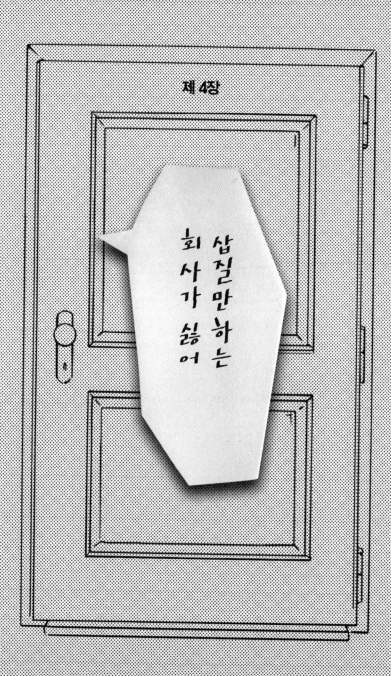

제 4장

삽질만 하는
회사가 싫어

그냥 각자
알아서 하면 될
일을 굳이 왜
매일같이
아침회의 시간에
이야기하는가?

시간 낭비...

경비절감을
해야 한다며
왜 쓸데없는
인쇄로
종이를
낭비하는가?

고작 3줄...

이걸
인쇄한
거야?

핸드폰을 써.

왜
업무일정을
단체
메신저로
사원들끼리
공유하지
않는가?

다음
발표용
자료
누가
만들고
있죠?

내일까지
일 거예요.

글쎄요?
난 몰라요.

직장 내에
업무 혁신을!
그게 안 되면
최소한 절충안
이라도…

그런
의도 하에
여러
제안을
해봤지
만…

뭐냐, 그 반응은!

편리한 건
알겠는데
이런 복잡한
기계는 다루기
힘들어.

익숙하지도
않고

뭐냐, 그 표정은!

쿨라우드?

뭐야, 그건?

좀 더 효율적으로 업무를 하고
싶은데 상사들과 업무시스템이
너무 구닥다리야. 그렇지만
나는 보다 나은 회사를 만들기
위해 열심히 일해왔어.
이 노력이 보상받는 날은
과연 올 건인가?

105

일기를 쓰는 것만으론
성이 차지 않아
예전 직장동료인
무트가와랑
술을 마시기로 했다.

무트가와랑
이렇게 다시 만나는 건
실로 몇 개월 만의
일이다.

뭐, 그건
네 말이
맞긴
하네…

106

요즘 세상에 팩스를 사용하는 건 완전 코미디지.

그래! 내 말이 그 말이야!

건배!

조심히 가세요.

짠

진정해...

휴우, 꽤 많이 마셨네.

응.

야, 취했냐?

그렇지!

진짜 싫다! 왜 매일 회사에 가야하는 거야!

네가 선택한 일이잖아.

2차로 이자카야 어떠세요?

유한리필 900엔!

②에 계속

실수할 때마다 늘어난 메뉴얼 때문에 또 실수한다

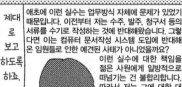

제대로 보고 하도록 하죠.

애초에 이런 실수는 업무방식 자체에 문제가 있었기 때문입니다. 이전부터 저는 수주, 발주, 청구서 등의 서류를 수기로 작성하는 것에 반대해왔습니다. 그렇다면 이는 컴퓨터 문서작성 시스템 도입에 반대해온 임원들로 인한 예견된 사태가 아니었을까요? 이런 실수에 대한 책임을 젊은 사원에게 일방적으로 떠넘기는 건 불합리합니다. 따라서 저는 그에 대한 대책을 상세히 보고합니다.

다닥다닥

PC

3년 전부터 하고 싶었던 이야기입니다.

이걸 상부에 제출해 주세요.

이걸로 OK.

두툼

똑같은 실수를 방지하기 위한 제안서 입니다.

네.

며칠 뒤

카네모리 씨, 왜 그러세요?

원선에서 답변이 왔는데요, 그게…

임원 회의 결과,
실수 방지를 위한 구체적인 대책으로
다음과 같은 방안을 제시합니다.
부디 실천해주시기 바랍니다.

**"항상 두 번 체크하기를
철저히 지킨다!"**

저기… 카네모리 씨

오늘부터…

힘내세요.

체크를 두번 하랍니다.

무… 무서워.

제대로 된 재료로
만들면 그런 맛이 나.

생브리를
보드카에
절인 거궁요.

카네모리.

응?

내가 보기에,
넌 조만간
회사를
그만둘 것
같다.

내 예언이
맞는지
두고 보자고.

왜 그래,
갑자기?

아닌데?

안 그만
둘 거야

113

… 사진 취미는 여전해?

응.

회사를 그만두면 이런 분위기 좋은 곳에서 사진을 찍는 시간도 늘겠지.

응.

요즘 바빠서 카메라를 만질 시간도 없어.

아예 그만둘 각오를 하고 업무효율 제고방안을 상사에게 강하게 건의해 보면 어때?

그래도
어차피…

안 돼…

정말 네
말대로
한계가 온
건지도 몰라.

어차피
내일도
잘되지 않을
거야.

이런 식으로
매번 미리
포기하게
되고 있어.

너무 좌절하지 마.
예전에 네가 말했잖아.

"사람들은 나이를 먹으면
대체로…

새롭게
배워야
하는 '더 좋은
방법'
보다

원래 자기
가 하던 '더
나쁜 방법'
을 선호하지."

그리고 너는
그때
"난 그런
사람이 되고
싶지 않아."라
고 했었어.

내가
그런 말을
했다고?

이번이
너 자신을
성장시킬
기회일지
도 몰라.

네 스스로
딸이야.

음,
마음을
다잡을
계기가
필요해.

한 잔
더 주세요.

계
기
라
...

그런 건
어디에 있
는 걸까?

글쎄,
...?

하지만
만드는 건 네 몫이야.

계기는 외부에서 오는 거야.

③에 계속

회사에 있는 지금의 내 모습이 전부는 아냐

업무방식이 너무 비효율적이라 몇 가지 제안을 하고 싶은데요...

쓸데없는 소리 하지 마!

입 다물고 시키는 일이나 해!

한심해...

카네모리 씨!

상사에게 어떻게 그런 말을 할 수 있는 거죠?

그러다 짤릴지도 모른다는 생각은 안 해 보셨어요?

에엣! 카네모리 씨, 오늘 사표 쓰셨다고요?

아, 네···

넌 참 재미있는 녀석이다···

엄청난 해방감이 들어.

사진도 마음껏 찍을 수 있어.

그래보여.

앞으로 어쩌실 거예요?

나도 궁금하네.

으~음, 이걸 가지고···

삽질만 하는 회사가 싫어(끝)

도저히 납득이 가지 않는 회사 규정이나 조직 구조로 등으로 좌절해본 적 있나요? 또 업무효율 제고를 위해 제안한 아이디어를 고지식한 상사에게 거절당했을 때, 우리는 그야말로 의욕 제로 상태가 됩니다. 물론 포기하는 것도 하나의 방법일 거예요. 하지만 그렇게 해서는 당신 스스로가 행복해질 수 없어요. '다음 제안을 거절하면 그만둬야지'라고 생각하며 조금 더 당당한 태도를 가져보는 건 어떨까요? 당신이 있을 곳이 지금 있는 곳만은 아니란 것을 명심하세요.

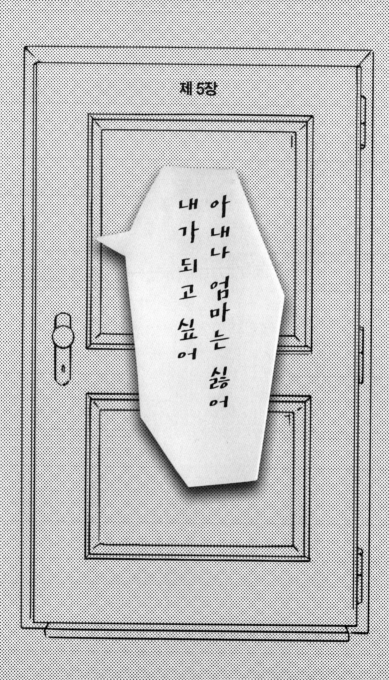

아내나 엄마는 싫어, 내가 되고 싶어 ①

파직

133

애한테
무슨 일이
있으면
어린이집에서
바로 연락해
주잖아.

어차피
당신에겐
아무 기대도
안 해.

‥‥‥

나한테
괜히 화풀이
하지 마.

쾅

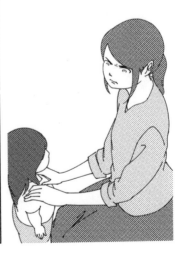

134

안녕하세요.

안녕하세요.

네.

이거 다음주 자료예요.

결국 회사에 와버렸네...

괜찮 을까?

그 부분은

지잉

카키리코 어린이집

잠깐 실례할게요.

네? 갑자기 토했다고요?

135

아마도 스트레스 때문인 것 같아요.

어머님, 아침에는 어땠나요?

회사···

쉴 걸 그랬어.

지금

바로 가겠습니다.

아이 때문에 요즘 계속 조퇴를 하네.

부장님, 결재 부탁 합니다.

응.

실은 저도…
아
잠깐…

내가 왜
다른 부서
부장님한테
까지 이런
말까지
들어야
하는 거지?

안개!

엄마는가!
미워!

②에 계속

기계적으로 딱딱 나눌 수 없는 게 가사와 육아

141

144

즐거
웠어!

다음에
또 봐!

아, 즐겁…

…지않았어.

다들 집안일에 대한 불평과 남편
욕밖에 안 해…

하나도 재미없었어.
두 번 다시 안 와.

에휴…
빨리
집에나
가자.

응?

집에 가고싶어

148

③에 계속

'우리 집에선…' 남의 불평을 듣고도 우리 집 생각

아내나 엄마는 싫어, 내가 되고 싶어③

153

당신은
매일같이
이런 일을
했던 거잖아.

후후,
난 요령이
있거든.

그 요령
좀
알려줘.

허리가 아파.

좋아! 내가
비법을
전수해줄게.

땡큐

155

드디어 황태자께서 우리 부서에까지 납셨네.

고마 워라.

황태자?

그게 뭔데요?

츠치야 씨, 황태자 몰라요?

츠치야 씨가 혜택을 가장 많이 받았는데!

휴칫

제가요?

그의 이름은 시라스자카.

별명은 유급휴가의 황태자.

그게 우리 부서까지 소문날 정도예요 …?

물론 이죠!

항상 도장을 준비해서

유급휴가의 냄새가 난다

틈만 나면 사내를 돌아다니며 유급휴가의 장점을 설교하고 있답니다.

당신의 유급휴가 꽤 많이 남았더라고!

불쑥

덕분에 다들 유급휴가를 마음 편히 쓰고 있어요.

일이 있어도, 일이 없어도 유급휴가를 모두는 스마일

정말로 고맙죠.

그럼 어제 그건 뭐였지?

네?

아내나 엄마는 싫어, 내가 되고 싶어(끝)

짜증을 내며
'자기 생각'만을 고집하지 마세요.

육아는 당연히 엄마가 해야 한다고 생각하는 남편, 반찬을 낼 때 핀
잔을 주는 상사…. 이런 상황에서 보통은 짜증이 나기 마련이지요.
하지만 그렇게 짜증이 났을 때야말로 대화에 집중해야 합니다. '자기
생각'만 고집해서는 타인과의 거리를 좁힐 수 없어요. 다른 사람의 말
을 끝까지 들어주고 이해하려는 태도에서 건강한 인간관계가 시작됩
니다.

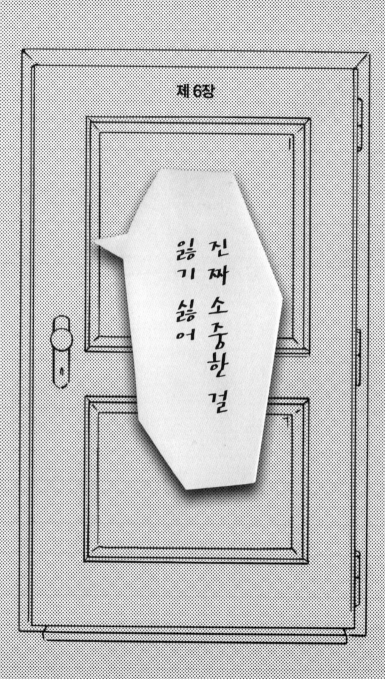

진짜 소중한 걸 잃기 싫어 ①

확인 부탁드립니다.

수고했네. 그리고 급하게 부탁해서 미안한데, 이것도 오늘 중으로 해놓게.

에엣…

히노사와 씨, 죄송해요! 이것도 오늘 중으로 진행 해야 마감을 맞출 수 있어 서…

아아

오늘은 빨리 퇴근하고 싶은데…

이거 밤 9시까지만 하면 돼요. 추가로 부탁할게요.

163

난 진짜 최악이야.

사키다의 약속을 뜻 지킨 게 대체 몇 번째야.

하아~~~~~

연휴에도 일
고생 많아.

크리스마스에도 야근
어쩔 수 없지.

기념일 역시 갑작스런 야근
응

167

또 자정을 넘겼어…

사키는 이미 잠들었겠지?

딱 한잔만 하고 갈까?

에휴~~

응?

집에 가고 싶어

벌컥

집에 가고 싶어

저, 저기…

어머, 어서 와요.

②에 계속

유급휴가를 얻기 위한 야근, 오늘도 철야

진짜 소중한 걸 읽기 싫어②

여기
전통주도
파는군요.

응,
다양하게
있어.

없을 건 없고
있을 건 다
있지.

여긴
테킬라 종류도
맛있어!

아,
처음
받겠습니다.

스이도바시 씨
는 테킬라만
마시잖아요.

히노는 맥주만
마시잖아!
나랑 같이
테킬라
마시자!

싫어요.

174

소중한 모든 것을
다
챙길 순 없어.

덥썩

지금
이 판국에
술이 넘어가요?

아니요.

여...
여기
계산
이요.

알았어.

다 끝났어!
사과하러
가봤자
애인은 이미
떠났을 거야.

벌떡

결국
거의
못 잤어
…

…‥

오늘밤에
나랑 얘기 좀 해.
부탁이니까 기다려줘.
일찍 들어올게!
반드시

다녀
올게.

다다다
다다다
다다다

오늘은…
오늘은
꼭 빨리
퇴근하는
거야!

네, 그렇습니다.

잘 부탁합니다.

오늘은
꼭…!

자료 확인 부탁드립니다.

오늘
이야
말로!

③에 계속

맨날 일만 해서 어떻게 쉬는 건지도 까먹었어

예쁘다.

오오 굿치?

모처럼의 휴일인데 집에서 쉬지 않아도 돼?

모처럼의 휴일이니까 휴일답게 보내야지.

난 그렇게 생각해.

맞아, 맞아.

필요없는 건 버리고(버)

아직 쓸 만한 건 팔고(팔)

계절에 안 맞는건
압축해서 정리하고(정)

의외로 소중한 건 별로 없더라고.

하지만 넌 굉장히 소중하지. 그래서 청혼한 거야.

그렇습니까.

뭐야, 그 떨떠름한 표정은.

진짜 소중한 걸 잃기 싫어(끝)

당신에게
가장 소중한 것은 무엇인가요?

소중한 모든 것을
다 챙길 순 없어.

주위에 있는 모든 것을 지키려다가 '정말 소중한 것'을 잃을 뻔한 적은 없나요? 고민하면서 이러지도 저러지도 못하고 있는 상황이 어쩌면 그 징후가 아닐까요? 모든 것에는 분명 우선순위가 있습니다. 자신에게 가장 소중한 것이 무엇인지 한번 생각을 해보세요. 그러면 시간을 어떻게 써야 할지 알게 될 것입니다.

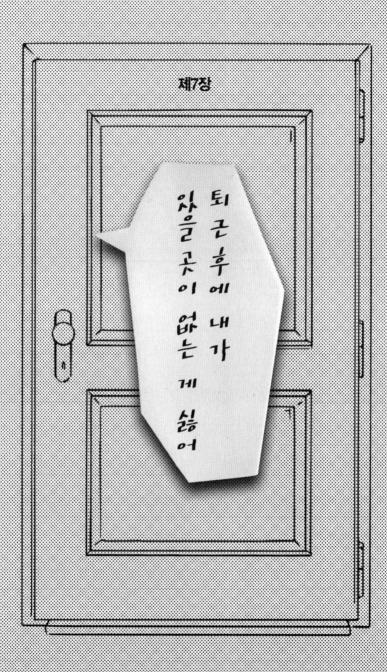

제7장

퇴근 후에 내가 있을 곳이 없는 게 싫어①

여긴 변함없이 시끌벅적 하네요.

빨리 집에 가고 싶은 사람이 그만큼 많다는 거지.

당신은 그렇지 않은 것 같지만···

여기 오는 손님은 대개 가게 이름에 이끌려 여기에 오게 된다.

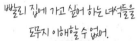

빨리 집에 가고 싶어 하는 녀석들을 도무지 이해할 수 없어.

요즘 유행한다는 '방랑 사원'이란 거군.

방랑 사원이요? 그게 뭡니까?

아빠한테 그게 무슨 태도야.

잠깐, 자네 딸이 있었지? 올해 몇 살인가?

네.

九살입니다.

부모 말은 잘 듣는가?

수염이 거칠고 담배냄새가 난다면서 가까이도 못 오게 하고…

이런 말 좀 그렇지만… 절 엄청 싫어해요.

참고가 안 돼 …

… 자네가 혼낸 적은?

없어요.

절 싫어하는 모습도 귀엽습니다.

②에 계속

'커엽다', 'ㅂㅂㅂㄱ'란 표현도 솔지 않아?

젊은이들은 미래가 있으니까 좋건 싫건 긍정적일 수밖에 없어.

그래서 난 젊은 애들의 이야기를 항상 진지하게 들어.

반대로 내 또래나 선배의 자기 자랑은 대충 흘려듣지.

너도 젊은 애들의 이야기에 좀 더 귀를 기울여보는 건 어때?

세상은 계속 변한다는 걸 잊어서는 안 돼.

과연...

부동산 거부이자 대표이사의 마인드는 다르군.

하지만 난 자네처럼 될 수 없어.

젊은 애들 눈에는 나 역시 너처럼 그냥 꼰대 아저씨라고.

201

전 아직 집안일도 회사일도 익숙하지 못해서

집안일과 육아도 하나?

아앙~~

1살

네, 이제 막 걷기 시작한 참이라 한시라도 눈을 뗄 수 없어요. 하지만 부장님처럼 모든 일을 완벽하게 처리하는 분과 저는 다르죠.

난 집안일 자체를 해 본 적이 없는데...

자, 나왔습니다.

오! 맛있는 것이 또 나왔군요

앙앙

참치입니다!

그렇지?

맛있어요.

감사합니다.

207

③에 계속

듣고 싶은 건 잔소리가 아닌 격려

그동안 히라다 부장님에게도 신세 많이 졌습니다.

청년들의 이직률이 줄어들지 않는군.

이번 신입사원 10명 중 자네 포함 벌써 4명이 그만두었네.

부장님.

모처럼 힘들게 들어온 회사를 왜 그만두나?

응?

안정적인 회사라도 그걸 매력으로 느끼는 젊은이들이 줄어들었다고 생각합니다.

아, 제 말씀은…

자네한테 난 더 이상 상사도 뭣도 아니니 진솔하게 이야기해주게.

일하는 방식이 다양해진 지금, 정년까지 근무하는 것은 많은 선택지 중 하나에 불과합니다.

게다가 그게 행복과 직결되는 것도 아니고요.

다른 선택지에도 매력을 느끼니까 도전해 보고 싶다는 게 솔직한 퇴사 이유입니다.

회사를 오래 다니는 것이 가장 중요했던 나에겐 찔리는 이야기군.

설득하려 했는데 오히려 내가 설득당했어.

긍정도 부정도 하지 않고 이야기를 끝까지 들어주신 건 부장님이 처음이에요.

그런가?

난 부정도 긍정도 할 수 없지만...

응원하겠네.

잘해봐.

211

퇴근 후에 내가 있을 곳이 없는 게 싫어 ③

214

평소보다 표정이 어둡네.

저기… 한 가지 여쭙고 싶은 게 있어요.

물어 봐.

가게 이름이 왜 '집에 가고 싶어'예요?

'집에 가고 싶어' 란 말이야…

집에 가고 싶다는 말은, 지금 있는 곳보다 나은 곳이 자신을 기다리고 있다는 희망이 떠오르게 하는 좋은 이름이잖아.

집에 가고 싶어

히노 때문에 히라다 씨가 가버렸잖아.

그런 억지는 좀.

네에, 네에

...스이 도바시 씨. 취했어요.

원래 저래요...

어떤 면에선 저런 용기가 부럽기도 하네요.

아, 그런데 사장님, 오늘 왜 호출하신 건가요?

앗

정말...

아? 혹시 다른 사람들도 오늘 사장님이 불러서 오신 건가요?

나도 어제 전화로 내일 꼭 오라고 하셔서.

나도 전화로

나도··

퇴근 후에 내가 있을 곳이 없는 게 싫어(끝)

돌아갈 곳이 있는 것의 소중함.

가게 이름이 왜 '집에 가고 싶어'예요?

집에 가고 싶다는 말은, 지금 있는 곳보다 나은 곳이 자신을 기다리고 있다는 희망이 떠오르게 하는 좋은 이름이잖아.

'집에 가고 싶어'라는 말이야...

집에 가고 싶어

집에서도, 혹은 다른 곳에서도 있을 곳이 없어서 매일같이 야근을 자청하는 사람이 당신 주변에는 없습니까? 지금은 아닐지라도 어쩌면 우리들 역시 언젠가 그렇게 될 수 있습니다.

'집에 가고 싶어', 집이라는 것은 지금 있는 곳을 벗어나 자신이 지금 가고 싶은 장소입니다. 먼저 자신이 '있을 곳'이 어디인지 한번 생각해 보세요. 그리고 그곳에 가기 위해 지금 당신이 할 수 있는 일을 한 가지씩 실행해보세요. 만약 '없다'고 생각한다면 그 장소를 만드는 것이 '일하는 방식 개혁'의 첫걸음일지도 모릅니다. 모든 사람에게 자신의 '있을 곳'이 있기를 기원합니다.

'에필로그'

223

초판 2019년 10월 1일 1쇄
저자 사와구치 케이스케
옮긴이 최재호
ISBN 978-89-98274-46-7 03830

출판사 도서출판 북플라자
주소 경기도 파주시 파주출판단지 문발동 638-5
홈페이지 www.book-plaza.co.kr